Über das Buch

Aphorismen, Lyrik und Kürzestprosa. Der Versuch, eine Näherung an das elementar Menschliche zu finden (wenn überhaupt existent); zugleich Momente des gelebten Lebens zu fixieren und in diesen aufzugehen: sie begreifen, erfühlen und spüren.

Die vorliegenden Texte sind in den Jahren 2010 bis 2022 entstanden. Der Arbeitstitel lautete Absorption.

Über den Autor

Der Autor Stefan Michaelis, Jahrgang 1991, ist begeistert von klassischer Literatur und Philosophie; fotografiert gern und hat ein Faible für die japanische (Pop)-Kultur (Anime, Musik, Essen, Sprache usw.). Außerdem ist er passionierter Metalhörer.

Ihn faszinieren künstlerische Schaffensprozesse.

Widmung

Zu großem Dank bin ich den umstehenden Personen verpflichtet. Insbesondere Danke ich den Herrn K's für Ihre Begleitung in meinem doch schwierigen Alltag über Jahre hinweg, sowie meinem guten Freunde Ulli, der mich nie aufgibt und auch eine Art Mentor geworden ist, oder schon immer war. Meinem Freunde Olle für sein offenes Ohr, und seine wissenschaftlichen Arbeiten, die die Menschheit voran bringen werden. Und Dr. Binz für seinen Mut und seine Menschlichkeit. Sowie nicht zuletzt meiner Oma, die gute Seele meiner Kindheit bis zum heutigen Tage.

In Dankbarkeit und Achtung und auch Liebe, euer Stefan.

Meteoritensplitter

Stefan Michaelis

Bibliografische Information der Deutschen Nationalbibliothek:
Die Deutsche Nationalbibliothek verzeichnet diese Publikation
in der Deutschen Nationalbibliografie; detaillierte bibliografische
Daten sind im Internet über www.dnb.de abrufbar.

3. Auflage: 8/2025
ISBN: 978-3-7543-7337-8

Verlag: BoD · Books on Demand GmbH, Überseering 33, 22297 Hamburg, bod@bod.de
Druck: Libri Plureos GmbH, Friedensallee 273, 22763 Hamburg
Satz & Layout: Stefan Michaelis, mit LaTeX und KOMA-Script
Ornamente: www.vectorian.net , via LaTeX-Paket pgfornament
Lektorat: Marie Döling – Write In Pieces – www.writeinpieces.com
Umschlagelemente: depositphotos.com: ostapenko120388@gmail.com. krabata, riariu

in
Dankbarkeit und Achtung,
gewidmet

Ulli
Olle
Hr. Dr. Binz †
meiner Oma ♡
Hr. Kornmayer

meteoritensplitter

erster schwall

Die Spiegel sind auf die Welt gerichtet; man lässt sie fallen, bersten. Vielleicht ist man Lüge, vielleicht Konstrukt.

Wo steht der Künstler, wenn er sein Werk betrachtet? Auf der anderen Seite – voller Liebe, voller Drang. Doch sie entweichen in eine andere Dimension, ein anderes Ich-Leben.

Ich wandere auf dem schmalsten Pfade zwischen mir und meinem Ende. Die Ausdehnung dazwischen ist wohl, was man Leben nennt.

Ich brauche einen Bändiger: Vielleicht ist's die Liebe, vielleicht aber auch das nahende Ende.

Der Welten rotierender Seinszustand.

Gefangener des Augenblicks: Im Bann des Moments – denkend und sprachlich der Welt entgleiten.

Des Menschwesens Bestreben: sich zu erheben über die Ausdehnung des gelebten Augenblicks seiner Existenz.

Das Unbewusste lauert in jedem Augenblick menschlicher Existenz.

Aus der zeitlichen Ausdehnung der menschlichen Existenz scheint es kein Entrinnen zu geben.

Träume, die, nur begrenzt durch die Vorstellungskraft des Unbewussten, zugleich einen labyrinthischen Irrweg zwischen Leben und Tod manifestieren. Träumende, sind sie nicht die haltlos Fallenden?

Eine jenseitige Welt innewohnend, das Umgebende nicht umfassend.

Der Schmerz fragt nicht nach seinem Gehalt an Wahrheit, er ist sich selbst genügsam.

Was liegt hinter dem Horizont? Unsere imaginäre Kraft.

Die Kraft der Assoziation nährt den Geist.

Das Abstrakte lebt vom Konkreten, das Konkrete vom Abstrakten.

Zentrales Element allen menschlichen Schaffens ist die Wiederholung.

Jedem kraftvoll inspirierenden Gedanken geht eine träumerische Erfahrung voraus.

Das Kontinuum betrügt alles Neue um seinen eigentümlichen Charakter.

Wir werden nach Hause kehren, ins Gelobte Land, und werden wahr – sosehr wir es jetzt vielleicht auch schon sein mögen.

Eins werden – und dieses Eine auf die andere Seite tragen.

Er wünschte sich nichts sehnlicher, als einmal auf Reisen zu gehen; die Krähen gewährten ihm diesen Wunsch – indem sie seine Eingeweide aßen.

~ IX ~

Die Zeichen des Weges verführen.

Solch Worte haben immer etwas Endgültiges
an sich, aber am Ende soll uns nur das Hin-
fortschreiten von Gültigkeit sein.

Jetzt lebe ich, losgelöst aus jeglichem Kontext,
eins mit allem, ein fließender Strom. Trägt er
mich zum Horizont?

Zur Besinnung kommen; alle Anstauungen
überwinden.

Die Schönheit der Transparenz liegt in ihrer
Offenheit; sie bietet Durchfluss und Behag-
lichkeit, welche einem nur durch die Anwesenheit eines verständnislosen Beobachters ge-
nommen werden kann.

~ X ~

Die Bewahrung des Lebens am denkbar schlechtesten Ort scheint unmöglich; das Absterben unvermeidlich; Möglichkeiten der Rückkehr ungewiss. Aktiv wäre es Verleugnung, passiv Hinrichtung.

Es ist wie das fürsorgliche Umarmen des mit Spreißeln übersäten Holzbrettes.

Abwurf wie ein Baum sein Blättergewand im Herbst.

Das Ich ist weder statisch noch unzerstörbar; ein leiser Hauch, eine Regung – alles im stetigen Wandel. Und plötzlich: Leere. Jeder Augenblick erfrischend neu – und doch das Ergebnis des vorherigen.

Musik vermag es, die Sinnlosigkeit der menschlichen Existenz zu hintergehen.

Alles Streben verweist in die Zukunft, den Moment vergessend. Alle Bewegung zerfällt in Direktionen, auseinanderreißend; die Vergangenheit zeichnend.

Wie weit kann sich das sprachlich Mitteilbare über die Welt erheben; versinkt Welt in Sprache, Sprache in Welt? Offen für Verbindungen in beide Richtungen.

Geistige Isolation in einem Meer aus Menschen: Wie sich erreichen, wie berühren und berührt werden? Verloren in Gedanken, verloren in Seinsleere.

Absolut vollkommen ist wohl nur der Tod, aber ihm ermangelt es an Leben.

Jeder Augenblick so voller Möglichkeit, voll von Unmöglichkeit. Wofür sich entscheiden? Regungslos verharrend.

Geschwindigkeit des Lebens; haltlose Fassade: Ich verlieren und befreien.

Geübt darin, aneinander vorbeizureden, eröffnet kreative Chancen, hinterlässt aber nicht selten emotionale Dispute: Chaos oder Versöhnung?

Versunken in Leere, vergessen in Welt: tausend Seinswelten, verwinkelt und verwoben. Immerzu an der Oberfläche kräuselnd, getragen vom Augenblick, hinfortgetragen vom Strom des Lebens.

Die Welt vergessen und nichts, nichts als das Spiel der Lichter gelten lassen.

Sich zerstören, in den infiniten Regress begeben, halt- und heimatlos werden; suchend sich wieder aufbauen.

zweiter widerhall

Räumliche Trennung – geistige Trennung.

Man muss sich zur Wahrung der Operations-
fähigkeit im Alltag selbst beschränken.

Wir sind nur ein Zittern lang da und – dann
auch schon wieder weg.

Dritte iteration

Das Leben scheint so relativ für einen das Absolute Suchenden.

———◦◦◦———

Projizierte Angst und Scham können zu Hass führen.

———◦◦◦———

Formt die Kommunikation nicht schon den kollektiven Verstand? Wenn auch reichlich zerstreut, unintegriert.

———◦◦◦———

Auch dem Schmerz lässt sich Lust abgewinnen.

———◦◦◦———

Die bloße Begegnung mit einem Menschen an sich ist die zentrale Lehre eines Menschenlebens.

———◦◦◦———

~ XVI ~

Ideen und Erwartungen konstruieren unsere empfundene Wirklichkeit und beeinflussen Bestrebungen.

Das Gewissen gehört ihm nicht; Leihgabe und Variation.

Umherschwirrend und flüchtig wie Seifenblasen.

Das Fremde verschafft sich Zugang zum Ureigenen.

Wie ein Meer aus funkelnden Sternen, getrennt durch den endlos weiten, mattschwarzen Raum dazwischen.

Was nun aber meine Welt im Innersten zusammenhält, zugleich entzweit, ist die Kraft der Assoziation.

———— ⚬◦ᘛᘚ◦⚬ ————

Das Unsagbare durchdringt beständig alles.

———— ⚬◦ᘛᘚ◦⚬ ————

Der Physiker sucht nach dem Innersten aller Welten, der Poet nach dem Inneren seiner; zugleich Ausdehnung auf das Innerste aller Existenzwelten.

———— ⚬◦ᘛᘚ◦⚬ ————

Die relative Position des Menschen in der Zeit erschwert die Suche nach dem innersten Kern der menschlichen Existenz.

———— ⚬◦ᘛᘚ◦⚬ ————

Im gelebten Augenblick verbinden sich Vergangenes und Künftiges – beides wird in jenem Momentum konstituiert.

———— ⚬◦ᘛᘚ◦⚬ ————

Ich bin das Nichts, die große bodenlose Ungleiche, unvorstellbar im Ausmaß, infinit, die makellose Konstruktion.

———————

~ XVIII ~

vierter schweif

Eine schwarze Nebelwolke durchdringt meine Existenz zum Abend hin; seinsbestimmend ergreift sie mich.

Zu den Grundfragen menschlicher Existenz: die zerstörerische neben der schaffenden Kraft.

Ich brenne in fiebrigem Schmerz; er verzehrt mich.

Vermag man, über sich hinaus zu blicken – oder gar zu gehen –, wo man doch immer um eine Mitte kreist?

~ XIX ~

Wie verhält sich die Mitteilung des Perspektivischen zur Verbundenheit aller Welten? Solange es Perspektiven gibt, gibt es Trennung. Was nötigt den Geist, Einheit, Heimat, Verbundenheit zu ersuchen in der Welt der Perspektiven?

Dass des Menschwesens Regung ein Zerren in der Zeit ist.

fünfte resorption

Vernichtend schlägt Vergangenheit den Augenblick – oder dieser die Vergangenheit?

————— ❦ —————

Das Leiden komprimiert den Augenblick und dehnt ihn zugleich aus.

————— ❦ —————

Die äußere Ordnung hat Einfluss auf die innere.

————— ❦ —————

Latenter Menschenhass entsteht oft auch aus Liebe.

————— ❦ —————

Nur die Lebenden können Bedürfnisse und Bestrebungen haben, die Toten sind frei.

————— ❦ —————

Die Undurchdringlichkeit und Parallelität aller Vorgänge dieser Welt, inmitten eines Teils liegt der Wirkungsradius, alles stürzt hiernieder.

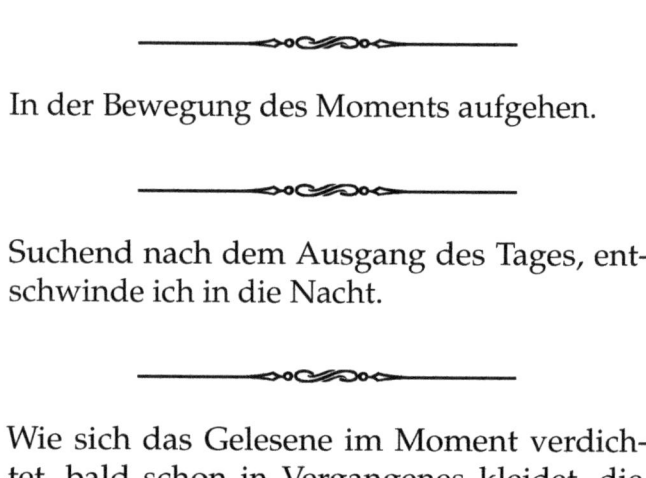

In der Bewegung des Moments aufgehen.

Suchend nach dem Ausgang des Tages, entschwinde ich in die Nacht.

Wie sich das Gelesene im Moment verdichtet, bald schon in Vergangenes kleidet, die Ahnung an Künftiges überschrieben durch das Gegenwärtig-Werden. Mit sanftem Pinselstrich ein immer filigraner werdendes Bild sich zeichnet.

Im Gewohnten schwindet die Angst, mehrt sich Sicherheit.

Spirale des Lebens, drehend zwischen Geburt und Tod.

Ich trete hinaus aus dem Schatten in die gleißende Welt.

Und wenn der Morgen zerfällt in tausend Momente, zersplittert eine Welt.

Die Sehnsucht treibt einen in die Weiten des Landes, die Sehnsucht lässt einen nach Hause kehren.

Durch die Vorstellungskraft wird auch das Unfassbare irgendwie denkbar, fassbar.

~ XXIII ~

Mit Sprache lassen sich auch Bilder malen, die aber ungebundener sind, weil ihre Form jedes Mal neu gezeichnet wird – in jedem Einzelnen, der sie liest.

Gedanke weckt Gefühl, Gefühl weckt Gedanken.

Liegt in der Beständigkeit Wahrheit verborgen?

Aber auch jene Abbilder sind trügerisch, kreisend um einen wahren Kern, nie identisch mit allem Sein: Trag sie in die Welt hinein.

Die aus dem Schmerz Geborenen: Uns gehören die Dunkelheit und das Licht des Mondes.

~ XXIV ~

An den Fasern der Sehnsucht spinnt sich meine Existenz fort, jede Faser meines Seins ist mit ihr verwoben, denn ich lebe in der Erinnerung und Vorstellung.

Im Rhythmus der Zeiten stellt der Mensch sich dem Leben – und damit der Welt.

Wie die Begeisterung einen Moment an Leben herauslöst.

Betrete die Leere, eine Bühne des Nichts.

Ein Leben, reduziert auf einen Augenblick, der umso eindringlicher einen zu erschlagen droht.

Aber es ist alles nur fahle Hülle über dem, was in der Seele brennt und an die Oberfläche will.

Hinter den Dingen liegt eine Welt ohne Bezug.

~ XXV ~

sechster verfall

Die Hinübergehenden blickten zaghaft zurück. Woher kommen, wohin gehen? Alles auf diesem Weg schien vergeblich, alles endlich, alles weniger dringlich als dem Schein nach.

Aber Erfahrungen weiten den Blick, auch wenn er jetzt ziemlich eindringlich und abgeschlagen ist, jeder Form von früherer Unschuld beraubt.

Alles, was zwischen mir und dem Geschehen liegt, ist ein Rekonstrukt. Geschaffen, um den Wahnsinn eines Moments zu bannen; ihm zu dienen.

Kann man nur aus dem Mangel ein Bedürfnis wahrhaftig fühlen, erkennen, begreifen?

~ XXVI ~

Kunst ist Erhebung und Versenkung zugleich.

Mein Herz brennt für die Weiten des Geistes und seiner Schmerzen.

Was bleibt im Tod, sind die Freiheit und grenzenlose Unmöglichkeit.

Ein untätiges Leben, immer auf der Suche nach einer Verbindung zur Welt.

Nächtliches Kreisen, die Assoziationen fließen lassen – und dann wieder der Rückfall ins beschränkte Leben. Aber das Leben ist immer beschränkt, irgendwie schwankend von der Freiheit bis zur Notwendigkeit.

Fragmente

Am Rand

IESE Geschichte handelt vom Schmerz, vom Schmerz des Verlierens, vom Durst, den nichts zu stillen vermag, von der Sehnsucht nach Horizont. Vom Gefühl, alles Hoffnungsvolle ende im Chaos.

Ich sitze hier, am Rand, und weiß nicht so recht, was ich hier soll. Wie einen Anfang schaffen, wie Halt in einer haltlosen Welt.

Es begann vor einigen Jahren, ich war auf dem Weg von hier nach da, also im Grunde ziellos, rastlos, getrieben. Es überkam mich eine Fremdheit, die nur durch Musik gebrochen werden konnte. Überhaupt diese Sanftheit des Flötenspiels, als kämen lebendige Träume aus ihr.

Kann einen diese Sprache je für Dinge, die jenseits von ihr liegen, sensibilisieren?

Wort um Wort zeichnet sich dieses innere Bild in der Welt ab. Es sind die unausgesprochenen Wahrheiten des Lebens, spräche man sie aus, würde ihre Anwesenheit unweigerlich

---

zum Verstummen führen.

See der Erkenntnis

MONDLICHT schien beflissen hernieder, Spiegelungen tanzten der Welt entgegen. Ein See, Ursprung und Quell des Lebens, wandelte Leben in Tod. Verrenkte Körper. Tanzend. Von Qual gezeichnete Gesichter trieb das Mondlicht hervor. Gerissen aus einem Leben, das sie nie kannten, nie wollten, nie mehr haben werden. Getrennt durch eine Linie, die sich allein nur durch Verzerrung offenbarte. Ihre Sinne umspült von Reflexionen, sehnend nach einer jenseitigen Welt. Es zog sie gen Oberfläche, die, unerreichbar, das Antlitz einer ganzen Welt verbarg. Sie wandten sich, voller Intensität der Bewegung, doch schwanden nicht. Das Weiß ihrer Leiber: klebrig. Starr und doch bewegt, fortgetragen vom Strom des Lebens und Vergehens. Und dann wandelten sie gen Himmel, nicht der Sonne nach, sondern dem Mond. Mondlicht lügt nicht, denn es verdrängt die Dunkelheit am sichtbarsten, ohne uns von ihr zur Gänze zu erlösen.

Zügel des Lebens

GALOPPIERENDE Pferde ritten an ihm vorüber; ihn vereinnahmte das Glänzen der Haare, so als deute sich in ihm die Spiegelung der Welt an, ohne sich zu entfalten.

Wie die Zügel anlegen am Leben? Wie vorrücken, wenn man ständig verrückt wird?

Der Pyromane

SIE verbrennen an mir, dabei möchte ich doch nur Licht ins Dunkel bringen. Was wäre mir die Welt ohne Licht und Wärme? Was ohne Feuer? Und die Kraft des Materials, sehnt sie sich denn nicht nach Befreiung?

Ach, wenn ich doch nur so feurig glühen und lodern könnte!

Im Netz der Spinne

DIE Spinne webt ihr Netz in konzentrischen Kreisen über diese Welt und verbindet Punkte im Raum mit schmalem Faden, der, seidig glänzend, die Welt in sich spiegelt. Elastisch wabert er, doch ist er von jener Stärke beschaffen, wie sie nur dem Unzerstörbaren dieser Welt zu eigen scheint.

Ihr Faden verknüpft das Schicksal mit dem Verhängnis.

In diesem Netz will ich mich fangen lassen, in diesem Netz will ich durch die Welt gleiten, in diesem Netz will ich mich verzehren lassen!

Flüchtig tanzt mein Schatten auf ihm.

———————

Kollidierende Welten

ZWISCHEN fahlen Schatten, die ringsherum hernioderschlugen und ein veränderliches Abbild der Welt schufen, inmitten der undurchdringlichen Geschäftigkeit aller Vorgänge, lag ein Häuschen, dicht an dicht, eingereiht in die endlose Kette der Erscheinungen. Grässlich verzerrte Masken, mit herausgestreckten Zungen und verdrehten Augen, unterwarfen mit ihrer Ausstrahlung die Vorübergehenden. Beißend entfaltete sich der Geruch nach trockenem Holz, suchend nach Sinnen, die er anzuregen vermochte; doch allzu verloren entwich er in die Weiten des Raumes.

Und dann wandelte sich die Zeit

ERST im freien Fall soll sich einem das Leben als Ganzes offenbaren, da sich die Zeit dehnt und alles Wichtige in einem Moment komprimiert zu Tage träte. Daher begebe ich mich nach oben, auf diesen Turm, der inmitten des Waldes sich erhebt. Er schwebt über allem Dickicht, macht den Horizont greifbarer. Zweifel. Knarzende Stufen. Geschafft! Nie war ich der Welt so nah. Was liegt dort draußen? Die Ausdehnungen des Landes. Wipfel, die der Wind in seinem Sog schwingt, Vögel, die in den Weiten umherkreisen. Fühlt sich so Frieden an? Ich starre in den Abgrund; ist der freie Fall nur Illusion? Er liegt zwischen den Dingen, aber dahinter liegt die Freiheit ...

Die grauen Tage. Aus einem Leben in vielen Leben der Nothwendigkeit

Es war ein Tag wie jeder andere: eine Wiederholung in seinem Leben, das im Innern ein mannigfaltig buntes war, im Äußeren jedoch durch Grautöne gezeichnet wurde. Ich möchte versuchen, hier mit diesen mannigfaltig bunten Farben ein Bild zu zeichnen, ein Bild seines Werdens und Vergehens, seiner Träume, Wünsche, Hoffnungen, Sehnsüchte; aber auch seines Leidens und seiner Ängste.

Regen prasselte ins Dickicht der Gassen. Die Luft mit seinem Duft tränkend. Das Licht zerstreuend in die Farben des Regenbogens. Er war zierlich, leicht tollpatschig nach außen hin, immer etwas rastlos, zuweilen dem Schein verfallen.

Merken sie denn nicht, wenn sie versuchen, sich zu erhöhen – durch Erniedrigung anderer –, dass sie, durch die eigentümliche Verbin-

---

dung aller Menschen, sich selbst demütigen?

Der Wall im Wald

E s begab sich also, zu einer Zeit des frühen Unterganges, dass zwei Wanderer im Walde an einem Walle stehen blieben und sich beherzt nach einem Übergange umsahen.

„Du bist dort, wo ich sein will", sagte der Wanderer östlich des Walls. „Du bist, wo ich sein möchte", erwiderte der westlich des Walls. „Sind wir denn hier, nur um woanders zu sein?", seufzten beide und trotteten davon; losgelöst, aufgesogen von der schieren Weite des Landes.

Der Wall blieb indes gedankenlos an Ort und Stelle, unbewusst jeglicher räumlichen Trennung, die er verursachte – unbewusst jeglichen Wunsches, der beiderseits seiner zu bestehen schien.

 # Maskerade

CH sammle Masken. Für jeden nur erdenklichen Anlass findet sich eine. Auch übereinander lassen sie sich tragen. Diese hier zum Beispiel, sie ist schwarz, mit spitzen Kanten und schmalem Zulauf nach unten hin; die weiße, scheinbar gegenteilig der schwarzen.

So eine Maske ist zerbrechlich, ist filigran; dabei sehen Sie doch so robust aus.

 Das Puppenspiel

DA waren sie nun, die Puppen: unterschiedlich in Form und Größe, doch alle hatten sie Nähte.

Immer auch, ja beständig kam es vor, da spielten sie nicht nur vor anderen Puppen, sondern gar vor sich selbst – bis die Nähte zu platzen drohten.

Das Karussell

SCHNELL und immer schneller zog alles ringsherum vorbei; die Eindrücke jener Momente verschmolzen zu einem Strom, alle Lichter zu einem Streifen.

Immer heftiger gepresst in den Sitz, atemlos, zugleich frei und unfrei; es war, als zöge die ganze Welt an ihm vorbei – und mit ihr ein ganzes Leben. Jegliche Energie nur darauf ausgerichtet, diese eine Bewegung zu vollführen, eine Drehung um die eigene Achse. Sie hatte ihn erfasst, war nur von außen zu stoppen. Ein Unbehagen machte sich breit. Er begann, zu speien, eine Verbindung aufzubauen zwischen dem Sog und sich. Die Bewegungen schienen so unbeschwert, übertrugen sich mit Leichtigkeit auf seinen Körper. Alles in dieser bewegten Welt ist in endloser Bewegung. Was lenkt, was wird gelenkt. Plötzliches Stoppen, dann drang das Läuten der Glocken durch den Raum und machte ihm die Endlichkeit des Vorgangs bewusst – ja, die Endlichkeit jedes Vorgangs, gar die eigene.

Über die Zahnräder

ÖGLICHST viel ölige Substanz wird benötigt, damit die Reibung geringgehalten wird und die Gesamtheit funktioniert; ihre Zuständigkeit liegt einzig in dieser Aufgabe. Manch Zahnräder springen heraus und beschädigen andere, doch auch dafür gibt es eine Lösung: Sie werden fachgerecht entsorgt in dem Behältnis dort drüben, denn ihnen ist nicht mehr zu helfen, wenn der Zerfall erst diesen Umfang erreicht hat. Die in Mitleidenschaft gezogenen allerdings sollte man fachmännisch zusammenflicken, den Verlust zu vieler kleiner Zahnräder verkraften auch die größeren weit darüber nicht. Schließlich benötigt die Bewegung zur Übertragung ein Medium und das wacklige Konstrukt Träger. Wodurch nur erlangen sie ihren Antrieb?

Der Erklärbär

 R war schon ein wundersamer Gelehrter, dieser Erklärbär. Jedes Mal, wenn die Kindlein nach dem Unterricht in der Dorfschule etwas nicht so recht verstanden und auch die Lehrer sie ihrer Freizeit und des allgemeinen Fortschritts wegen nicht so recht belehren konnten, pflegten sie es, den Erklärbären in seiner Hütte im nahegelegenen Walde, die wohl einst einem störrischen, alten Einsiedler gehörte, der – keineswegs zum Bedauern der Bewohner des Dorfes, in dem sich auch die Schule der Kindlein befand – wohl schon vor einiger Zeit verschied, aufzusuchen. Er war äußerst stattlich, zwei Meter groß, sein Gesicht aber war lieb und knuffig, mit einer goldenen Brill' auf der Nase. Und wie schön sein braunes Fell im Lichte der Sonne rötlich zu schimmern vermochte! Die Kinder liebten ihn, ihn und seine lustigen, leicht verständlichen Erklärungen. Wohl genauso sehr liebten sie seine Geschichten über die alten Zeiten, in denen die Menschen noch mit den Bären im

Walde gehaust hatten. Hach, sie liebten ihn, war er doch auch so fromm und voller Herzensgüte. Wie gerne doch würden sie die Bärenschule besuchen, an welcher der Erklärbär Lehrer war und tagtäglich viele Bärlein zu belehren pflegte. Doch dies war ausgeschlossen. Die Eltern der Erklärbärenkinder hätten sie womöglich in Stücke zerrissen und ihren kleinen Tatzengängern zum Fraße vorgeworfen. Ein Jammer war dies. Wieso konnte es nicht so sein wie in den Geschichten des Erklärbären? Die Kinder wünschten sich nichts sehnlicher, als auch ein Bär zu werden, um die Schule des Erklärbären zu besuchen. Nun wusste der Erklärbär freilich um diesen Wunsch – und so ließ eine Erklärung, warum es so womöglich besser sei, gar nicht lange auf sich warten. Zum einen führte er aus, dass sie sich womöglich schon nach kurzer Zeit gar nicht mehr so sehr über seine Erklärungen freuen würden, da sie alltäglich und allgegenwärtig werden würden, zum anderen, fuhr er fort, seien es grade die Wünsche und Träume in unseren Herzen, die uns durchs Leben zu führen vermögen.

Ein wenig traurig, dennoch mit Zuversicht

~ XLVI ~

und Liebe erfüllt, sollten sie noch des Öfteren den Erklärungen und Geschichten des Erklärbären lauschen.

Vom kleinen Drachen Draco

Es war einmal ein kleiner Drache, der nicht wusste, ob er nunmehr sollte weinen oder lachen. Doch als er den Entschluss fasste, beides einmal auszuprobieren, konnte er es nicht. Nun fragte er sich, ob er es jemals gekonnt hatte; ob es überhaupt vonnöten sei und warum er stattdessen nicht einfach mit seinem feurigen Atem die Welt erwärmen sollte. Doch sosehr er sich anstrengte, mehr als eine Rauchwolke vermochte er nicht hervorzubringen.

Zelle

"WIR haben diesen Raum eigens für Ihresgleichen errichtet", sagte der Direktor. „Seien Sie also unbesorgt." Ich betrete ihn durch eine spärliche Tür, welche zugleich zufällt; an Halten ist indes nicht zu denken. Die Wände sind gierig nach frischem Blute, stundenlang starre ich zu ihnen hinüber: Ein beständiges Nahen scheint ihnen zu eigen. Ich blinzle und sie erschrecken. Kreischend meldet sich ein Lautsprecher zu Wort: „Nun beruhigen Sie sich, es ist alles in bester Ordnung. Wir bieten Ihnen nur die Möglichkeit, sich Ihrer Verhältnisse bewusst zu werden, schließlich sollen Sie lernen, die Peitsche zu schwingen und sich die Maden aus dem Speck zu treiben."

Leere Blätter

TÜREN fielen zu, wo sie es eigentlich nicht konnten, da sie immer schon geschlossen waren. Vielleicht fühlen sie sich deshalb eher an wie vage Andeutungen ebenjener. Öffnen ließen sie sich bis zuletzt zumindest nicht, dafür aber die Fenster umso weiter. Sieh und staune! Spring, so spring doch endlich … Und ich sprang. Doch dort, an dem Punkte, an dem mich eigentlich das Ende dieses Falles erwarten sollte, existierte ein Raum gleich dem, dem ich zu entfliehen suchte. Vielleicht ein wenig größer, ich dafür erschien jedoch umso kleiner. Erneut in einem Zimmer, konnte ich die Überwindung des vorherigen Versuches nicht aufbringen, also lauschte ich stattdessen den Ratschlägen der Bäume. „Ein Träumer mit leeren Blättern", flüsterten sie, gleichwohl umschmeichelt von den wohligen Fängen des sommerlichen Abendwindes.

~ L ~

Sklaven der Nacht

IELE Legenden rankten sich um die alte Steinbrücke, von der es heißt, sie ward zum Symbol für Sehnsucht, Liebe, Hoffnung, aber auch Verlust und Unerreichbarkeit der sehnsüchtig Liebenden geworden. Der sich unter ihr durchschlängelnde Fluss war getränkt mit den Tränen und dem Blut jener, die beständig immer nur das ausweglose Jetzt sahen. Man sagt von ihr, auf halbem Wege könne man sich in den Nächten des Blutmondes treffen, und nur in jenen schicksalhaften Nächten sei es möglich, wie es sein solle. In der übrigen Zeit gehe man aneinander vorbei, wobei es nicht so sei, dass man einander nicht sehen könne, vielmehr nehme man nicht wahr, dass man sich sehen wolle.

Erinnerungen

Es muss schon einige Jahre her sein, und auch heute noch gedenke ich oft der Tage, an denen wir scheinbar unbeschwert durch die Gassen der Altstadt zogen. Allerdings verblassen diese Erinnerungen allmählich, zuweilen kommen sie mir eher wie ein Traum vor, den man Nächte zuvor geträumt zu haben scheint. Im Grunde mag es damals eine Flucht gewesen sein; beständig darauf abzielend, die Leere im eigenen Innern zu füllen, denn es fehlte scheinbar etwas. Ich vermag es nicht zu benennen; der Versuch, es zu skizzieren, führt mich beständig weiter ins Leere. Ach, diese Ungewissheit, sie türmt sich auf und droht, einen zu erschlagen. Wenn ich meinen Blick von ihr nehme, drückt es nicht so sehr, aber die Ahnung! Sie ist es, die einen rasend macht. Halte mich, damit ich nicht falle. Stütze mich, damit ich nicht schwanke. Ziehe mich, damit ich mich nicht entscheiden muss. Denn für eine Direktion gilt es, sich hierbei zu

---

entscheiden; so ganz inmitten der Geschehnisse, umringt von ihnen – in der Geschwindigkeit, mit der wir auf dieser einen Welt leben.

Verliere *ich*.
Befreie MICH.

———————

Homunculus

MEIN Leben war kurz und schändlich; was einen Menschen ausmacht, vermag ich schemenhaft zu skizzieren, doch was es heißt, menschlich zu sein, bleibt mir unbegreiflich. Ich hatte stets das Gefühl, umgeben von einer Barriere zu sein, die unsichtbar sich Moment für Moment aufbaute und mich von der Welt trennte. Eine Verbindung aufbauen, das war mir das Wichtigste, doch wie? Das Schreiben führt dich in die Welt, dachte ich. Nur schreibend, dem Wahnsinn nahe, kann man mich lieben. Doch dadurch entfernte ich mich umso mehr von der Welt. Doch hatte ich überhaupt etwas mitzuteilen, das es wert war, gelesen zu werden? Ich dachte, ich könnte meinen Schmerz nehmen und daraus etwas Höheres schaffen, etwas Magisches. Wert entsteht durch Beimessung, aber wer würde meinem Werk schon Wert beimessen – und war das wichtig? Zwischen all den Büchern, die ich täglich las, verlor ich meine Menschlichkeit. Nur zum Einkaufen ging ich unter

Menschen, denn dies war für mich eine lästige Notwendigkeit. Flüchtiger Kontakt mit den Vorübergehenden und den Kassierern an der Kasse. Ich hasste ihr Lächeln, dieses spontane, instinktive Lächeln. Ich hasste es so sehr, dass ich es manchmal liebgewann, denn immerhin war es eine menschliche Regung, aber sie galt nicht meinem wahren Wesen, sondern der Hülle, die man wahrnahm. Falls es so etwas wie ein wahres Wesen überhaupt gab. Beständig ist es jedenfalls nicht, aber Beständigkeit hatte etwas Wahres an sich. Seit ich denken kann, wollte ich dazugehören, aber wozu ich wirklich gehöre, das ist der Club der lebenden Toten. Und ich war schon immer erfüllt von der Musik, Musik ist Leben und hintergeht die Sinnlosigkeit der menschlichen Existenz auf eigentümliche Weise. Man fühlt sich so lebendig und schwebend über dem Leben. Mein Name? Der ist L., nennt mich einfach L.; aber was ändert das an meiner Geschichte? Namen gab man Dingen, um auf diese zu verweisen. Vielleicht war ich etwas Dingliches in den Augen einiger Menschen, doch die interessierten mich nicht; alles, was zählte, war die Kunst. Denn all die Gewalt und

----

Qual dieser Welt, nur in der Kunst vermag sie zu glänzen. Mir entgingen so viele Details dieser Welt, weil mein Blick zu flüchtig war und immerzu nach innen schweifte. Durch die Kunst jedoch wurde er sensibler, konzentrierter, doch nicht minder flüchtig. Hatte ich mich am Leben versündigt, weil ich nicht von ihm, sondern von der Kunst gekostet habe? Die meiste Zeit dachte ich doch, es gäbe vielleicht einige Arten von Menschen, vielleicht zwei oder auch mehr: die Sehenden und die Träumenden; denn wer sieht, blickt auf die Welt außer sich; wer träumt, in die Welt in sich; aber beide beeinflussen sich doch wechselseitig, so dachte ich. Ich scheine mich zu wiederholen, Wiederholung aber birgt Varianz, weil die Variablen nie gleich sind. Das Verhältnis des Menschen zur Kunst ist ein eigentümliches, manche behaupten gar, Kunst wäre aus der Langeweile geboren, siechend; ich jedoch glaube, dass der Schmerz die Kunst hervortreibt. Wie sollte es sonst anders sein? Der Mensch vermag beides, zerstören und erschaffen. Erst wer die Zerstörung umformt in etwas Schöpferisches, der war ein wahrer Künstler, da hatte ich keine Zweifel.

Das Rauschen der Farben zieht an mir vorbei; die Welt wirkte eindringlich, als ob sie einen erschlagen möchte. Dröhnen der Räder; haltlos fallend infolge des Rucks; Stillstand. Eine neue Station, ein neues Treiben der Zu- und Aussteigenden. „Ist hier noch Platz?" Der Raum war ja leer, aber die Höflichkeit raumlos. „Ja." Keinen Moment später ein Piepen: „Du Narr, suchst die Antworten auf deine Lebensunfähigkeit im Denken und in Büchern, dabei liegt sie dort draußen, dort, in der Welt, und offenbart sich in jedem Augenblick des Gegenübertretens." Ich starre um mich herum, hinüber ... Nichts, was ich hätte als Quelle ausmachen können. „Hier bin ich. Hiiieeeeer." Eine Glaskugel auf dem Sitz gegenüber, wohl als Gepäck der nach einem Platz fragenden Person. In ihr ein handgroßes Männlein. „Gestatten, Homunculus mein Name. Und zurück zu dir: Denken erzeugt Trennung, Fragestellungen Blickwinkel. Ihr Menschen begrenzt euch ewig selbst, weil nicht genug Zeit und Kraft bleibt. Alle Vorgänge auf Erden sind endlich."

Lyrik

Sein und Menschwerdung

Einfach sein:
Mensch sein und werden,

Bewusstsein, das vergeht, sich wandelt;
in Unnahbarkeit sich dies Ich entfaltet;

wankend, schwankend – sich erhaltend.

Näherung dieser Welt

Zittrige Schwebe;
Näherung dieser Welt,

sinke ermattet zu Boden:
Was gibt es, das noch hält?

Entschwinde dieser Welt!

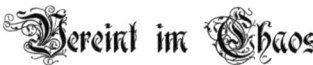

Vereint im Chaos

Im stillen Chaos vereint,
Elend und Mitleid,

stets bereit:
– suchend – fluchend,

hinfort tragend, nichts – sagend.

Heimkehr

Schwebt   langsam,   stetig,   dies
        wandelnde Ich in die Welt,
mindert Zeit die Unbeschwertheit,
erwartungsvoll drängt sich die Erin-
        nerung auf
an jene Tage, da ein Versprechen, im-
        plizit gegeben,
auf ein besseres – als dieses Leben.

Die Tage ziehen vorbei,
immer schneller, drängender
verblassen die Eindrücke jener Mo-
        mente der Fülle,
letztlich wird abgelegt – eine leere
        Hülle.

Heimkehr; gestillt die Sehnsucht!

Inhaltsverzeichnis

Lyrik